Harry Horse
Post aus dem Land der weißen Bären

OMNIBUS

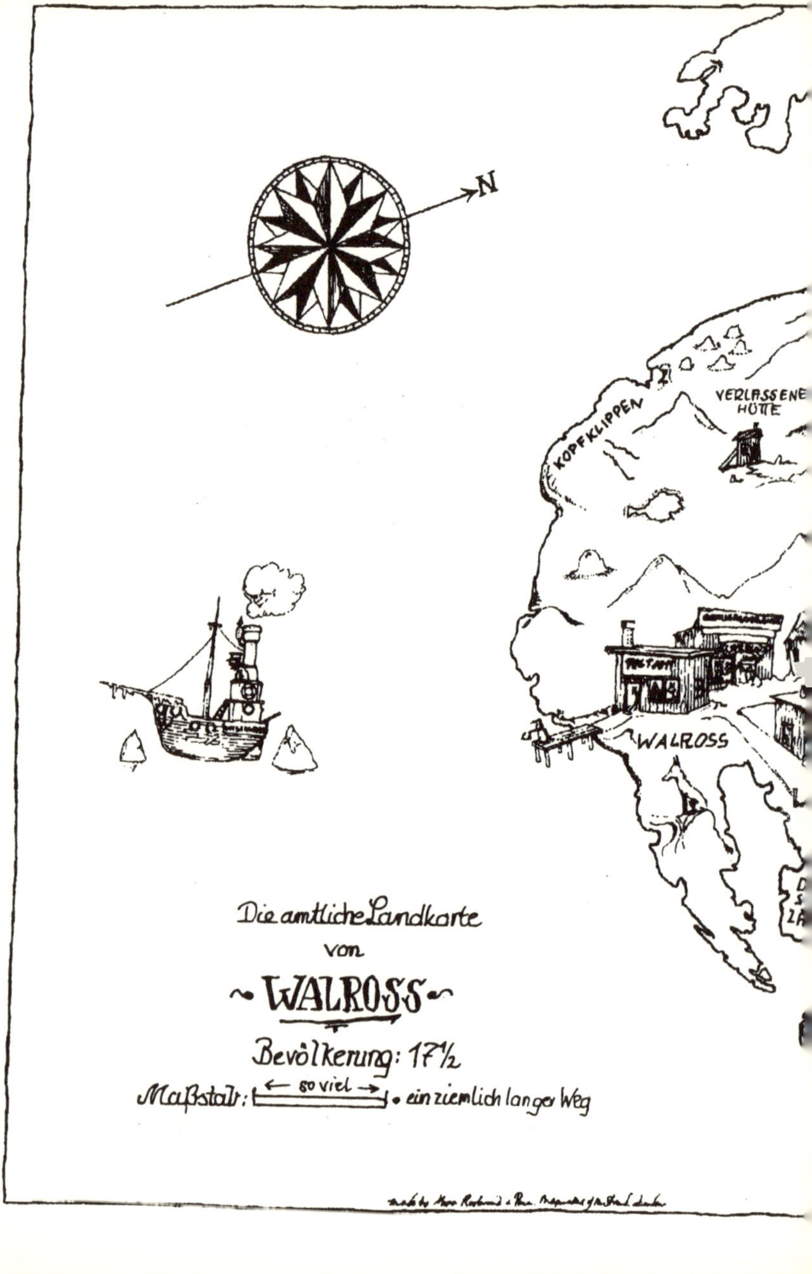
N
KOPFKLIPPEN
VERLASSENE HÜTTE
WALROSS
Die amtliche Landkarte
von
WALROSS
Bevölkerung: 17½
Maßstab: ← so viel → • ein ziemlich langer Weg

IDIOTEN SPRUNG
GROSSES BÄREN- GEBIRGE
GEFÄHRLICHE AUSSICHT
FUSSGEBIRGE
DIE SANFTEN HÜGEL
ENGES TAL
WIND- SCHLUCHT
WOLFS- SPITZE
WOLFS- VERSCHLAG
WALROSS- BUCHT
DIE TIEFE SCHLUCHT
GOLFPLATZ
DIE ANDERE TIEFE SCHLUCHT
BLAUWALBUCHT
JACKSONS HAIFISCH
JACKSONS HAI
STRAND DER VERLORENEN SCHUHE

Foto: © Murdo Macleod

DER AUTOR

Harry Horse wurde 1960 in Coventry geboren. Auf Wunsch seiner Eltern begann er mit 18 eine Ausbildung als Rechtsanwaltsgehilfe, brannte dann aber durch, um sich in Edinburgh der Buchillustration zu widmen. Heute arbeitet er als Cartoonist und als Autor und lebt mit seiner Frau Mandy und seiner Hündin Roo in einem Landhaus in England.

Weitere Abenteuer von Großvater und Roo befinden sich in Vorbereitung.

Harry Horse

Post aus dem Land der weißen Bären

Aus dem Englischen
von Andreas Steinhöfel

OMNIBUS

Band 21090

OMNIBUS

Der Taschenbuchverlag
für Kinder
Verlagsgruppe Random House
München Berlin
Frankfurt Wien Zürich

Umwelthinweis:
Dieses Buch wurde auf chlorfrei gebleichtem Papier gedruckt.

Erstmals als OMNIBUS Taschenbuch September 2002
Gesetzt nach den Regeln der Rechtschreibreform

Die Originalausgabe erschien unter dem Titel »The Last Polar Bears« bei Viking Press (Penguin Group)
Übersetzer: Andreas Steinhöfel
Umschlag und Innenillustrationen: Harry Horse
Umschlagkonzeption: Klaus Renner
Ht · Herstellung: Peter Papenbrok
Satz: Uhl + Massopust, Aalen
Druck: Clausen & Bosse, Leck
ISBN 3-570-21090-1
Printed in Germany

www.omnibus-verlag.de

10 9 8 7 6 5 4 3 2 1

Freitag, 4. Oktober
Nördlich von Aberdeen
An Bord der *Unsinkbaren*

Liebes Kind,

ich schreibe dir, um dich wissen zu lassen, dass Roo und ich wohlauf sind. Es tut mir Leid, dass ich mich nicht richtig von dir verabschieden konnte, und ich hoffe, du verstehst, warum ich zu dieser Expedition aufbrechen musste. Ich bin unterwegs zum Nordpol, um die letzten Eisbären zu finden. Ich möchte sie in ihrer natürlichen Umgebung sehen, wie sie inmitten von Eisbergen herumschwimmen und im Schnee spielen.

Weißt du, ich entsinne mich, wie ich an einem heißen Sommernachmittag in den Zoo ging und dort meinen ersten Eisbären sah. Er hockte im Schatten eines abgestorbenen Baumes. Da war ein kleines Betonbecken, in dem er schwimmen konnte. Ich betrachtete diesen Eisbären. Es gab keinen Schnee, in dem er herumtollen, keine Eisberge, auf denen er sich herumtreiben lassen konnte… Das war doch kein Leben für einen Eisbären!

Ich konnte ihn nicht retten. Wie auch? Man kann schlecht einen Eisbären unter dem Mantel verstecken und ihn aus dem Zoo schmuggeln, oder?

An diesem Tag beschloss ich, zum Nordpol aufzubrechen und mir anzusehen, wie die Eisbären wirklich leben. Ich ging in die Bibliothek, und dort las ich alles, was ich über Eisbären finden konnte: wo sie leben, was sie fressen und wie man in entfernten Winkeln der Erde nach ihnen sucht. Ich studierte viele Landkarten, bis ich eines Tages, im Britischen Museum, auf die Karte vom Großen Bärengebirge stieß. Jetzt wusste ich: Dies war der Ort, wo ich die letzten Eisbären finden würde.

Ich nahm die Planung der Expedition in Angriff. Deine Mutter meinte, ich sei zu alt, um allein zum Nordpol aufzubrechen, doch da ich mein ganzes Leben lang immer entweder zu jung oder zu alt war, um tun zu können, was ich wollte, beschloss ich, dieses eine Mal auf niemanden zu hören. Ich buchte meine Überfahrt auf dem tüchtigen Schiff *Die Unsinkbare*. Nach langem Nachdenken beschloss ich, Roo mitzunehmen. Schlittenhunde wären geeigneter gewesen, doch ich konnte mir das teure Futter für sie nicht leisten.

Roo sagte, ihre spezielle Rasse sei Schlittenhunden ohnehin überlegen, nur hätte sie nie Gelegenheit gehabt, das unter Beweis zu stellen. Als ich ihr erzählte, unsere Reise

würde uns zum nördlichen Polarkreis führen, sagte sie, davon habe sie schon gehört und dass einer ihrer Verwandten dabei geholfen habe, den Kreis aufzumalen.

So schlichen wir uns eines Nachts, während du tief und fest schliefst, aus dem Haus. Du weißt ja, wie sehr ich Abschiede hasse, deshalb habe ich dich nicht geweckt. Ich habe den Golfroller von Onkel Freddie mitgenom-

men, er wird uns als Schlitten dienen. Richte ihm bitte aus, dass ich ihn nur für kurze Zeit brauche.

Sag deiner Mutter, dass es mir Leid tut, aber ich hätte keine andere Wahl gehabt.

Mach dir keine Sorgen, ich komme zurück.

In Liebe,

dein Großvater

Samstag, 5. Oktober
Nordsee
In meiner Kabine
an Bord der *Unsinkbaren*

Liebes Kind,

ich habe eine sehr schöne Kabine. Es gibt zwei Bullaugen: eins für Roo und eins für mich.

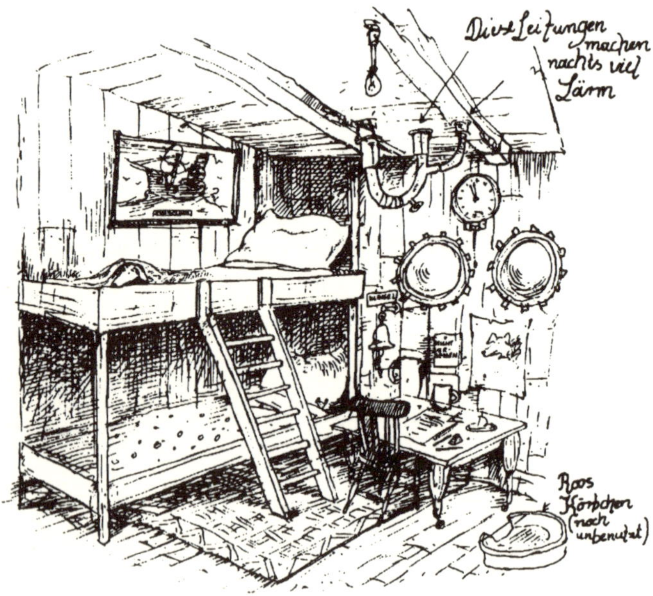

Bis jetzt habe ich viele Möwen und einen Kormoran gesehen. Roo behauptet, sie hätte ein Schaf gesichtet.

Roo hat sich als schlechte Matrosin herausgestellt. Sie sagt, Hunde seien für ein Leben auf See eben nicht geschaffen. Ich erzählte ihr, dass viele Schiffe eine Katze an Bord mitführen, um Ratten zu fangen. Roo sagt, was eine Katze kann, könne ein Hund viel besser, Hunde seien schließlich dafür berühmt, großartige Seefahrer zu sein. Sie vermutet, dass ihr Großvater ein Schiffskapitän gewesen ist - und dass er wahrscheinlich hunderte von Ratten getötet hat. »Wahrscheinlich«, antwortete ich. Heute Nachmittag bat Roo den Käpten darum, versuchsweise das Schiff steuern zu dürfen. »Hunde sind die besten Steuermänner«, erklärte sie ihm. Er ließ sie ein bisschen probieren und wir fuhren eine halbe Stunde lang im Kreis herum. Roo sagte, so würden Hunde ein Schiff immer steuern. Der Käpten sorgte sich darum, das Schiff könne gegen einen Felsen laufen, also übernahm er das Steuer und wir bewegten uns weiter schnurstracks auf den Nordpol zu.

Ich übergebe diesen Brief ein paar Fischern, die sich auf dem Heimweg nach Aberdeen befinden. Sie sagten, sie hätten einige schlimme Stürme überstanden mit haushohen Wellen. Ich muss diesen Brief jetzt beenden, da sie gerade zum Aufbruch rüsten.

Schreibe dir bald wieder.

In Liebe,

dein Großvater

Donnerstag, 10. Oktober
An Bord der *Unsinkbaren*

Liebes Kind,

seit nahezu einer Woche sind wir jetzt auf See. Jeden Tag fragt Roo, wann wir endlich ankommen, und jeden Tag muss ich erwidern: »Noch nicht, aber bald, sehr bald.« Ich muss sie bei Laune halten, denn bis zum Nordpol ist es ein weiter Weg. Die See ist so gewaltig. Sie scheint sich endlos zu erstrecken.

Gestern sichteten wir Land. Der Käpten zeigte uns die Shetlandinseln, machte aber dort keinen Halt, weil er meinte, wir müssten gute Fahrt machen, um den Nordpol noch vor dem schlechten Wetter zu erreichen. Roo gegenüber habe ich das schlechte Wetter selbstverständlich nie erwähnt, um sie nicht in Aufregung zu versetzen. Leider hat sie sich als ziemliche Nervensäge herausgestellt, sodass ich mich frage, ob es überhaupt eine gute Idee war, sie mitzunehmen. Ich dachte, sie könnte sich nützlich machen, indem sie den Golfroller die Steilhänge hinaufzieht. Vielleicht hätte ich doch einen Schlittenhund mitnehmen sollen.

Heute verkündete Roo, sie habe sich das mit den letzten Eisbären anders überlegt und beschlossen, nach Hause zurückzukehren. Sie sagte, sie hätte sich vertan: Es sei nicht Schnee, mit dem ihre Rasse gut zurechtkommt, sondern Sand. Ich erwiderte, jetzt noch kehrtzumachen sei unmöglich, uns bleibe nur der Weg voraus. Roo behauptete, Hunde wären hervorragende Schwimmer, wenn sie wollte, würde sie also einfach zurückschwimmen. Ich musste sie an die Leine legen und am Hauptmast festbinden, weil ich befürchtete, sie würde ihre Ankündigung wahr machen. Sie heulte den ganzen Nachmittag, bis ich sie wieder losmachte. Heute Abend bestand Roo darauf, in einer Koje zu schlafen. Ich hielt das für keine besonders gute Idee, doch sie sagte, wäh-

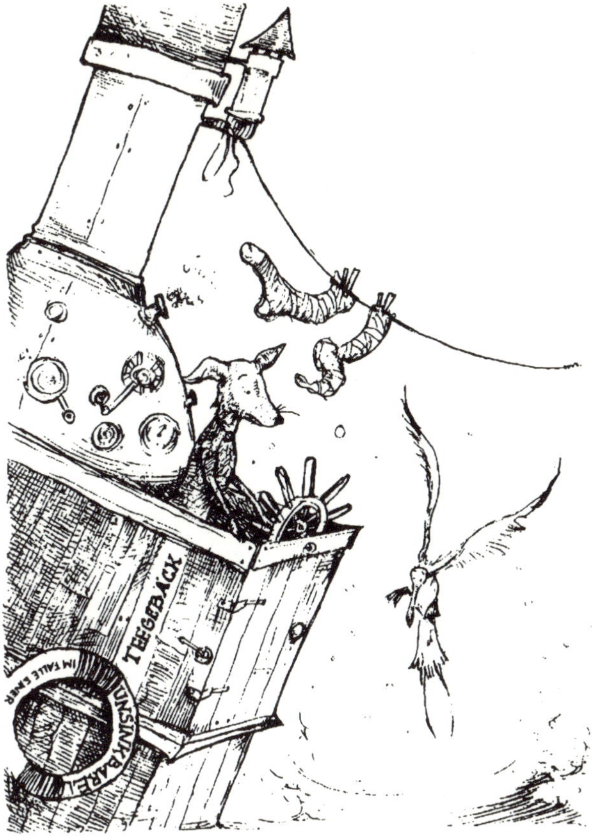

rend seiner Zeit auf See habe ihr Großvater bestimmt immer in einer Koje geschlafen. Schließlich willigte ich ein, warnte sie aber davor, sich in der Koje aufzurichten. Sie schenkte mir überhaupt keine Beachtung und fiel prompt hinaus und auf den Boden. Ich wünschte, sie würde wie jeder normale Hund in einem Körbchen schlafen. Im Moment liegt sie in meinem Bett, das macht die Sache für mich sehr unbequem. Das Schiff hebt und senkt sich und ich habe alle Bettlaken mit Tinte voll gekleckst.

Ich fühle mich ein bisschen elend.

Dein Großvater

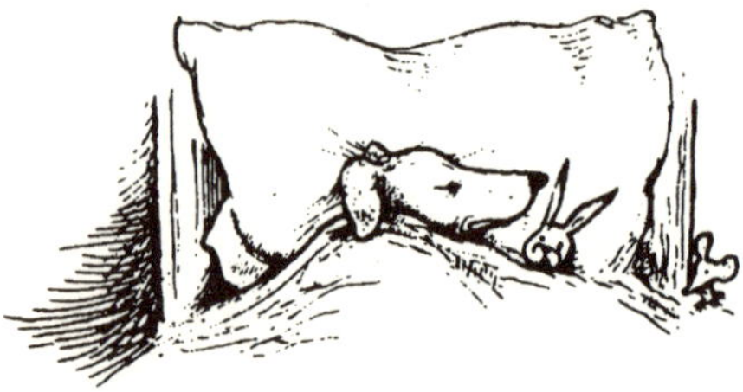

Freitag, 11. Oktober
An Bord der *Undenkbaren*

Liebes Kind,

was für eine entsetzliche Nacht! Ich glaube, ich habe kein Auge zugetan. Roo hat alle Decken von mir herabgezogen und liegt, darin eingewickelt wie ein Ball, zu meinen Füßen. Das Schiff ist die ganze Nacht herumgeschlenkert und zweimal fiel ich aus der Koje. An mehr kann ich mich nicht erinnern, doch als ich heute Morgen er-

wachte, fand ich mich am Bettende in Roos Körbchen wieder.

Der Käpten bereitete uns ein herzhaftes Frühstück aus Würstchen, Schinken und Eiern zu, aber mir war so schlecht, dass ich keinen Bissen herunterbekam. Ich saß einfach da und musste zusehen, wie Roo und der Käpten alles verschlangen. Die Schnauze voller Toast und Marmelade, erklärte Roo zwischen den einzelnen Bissen, Hunde würden deshalb nie seekrank, weil sie vier Beine haben. Vier Beine zu haben bedeutet, dass man nie das Gleichgewicht verliert, erklärte Roo, und dann erzählte sie dem Käpten eine wirklich lächerliche Geschichte über ihren Großvater, in der sie behauptete, er sei in einen so schlimmen Sturm geraten, dass er den Rest der Reise, auf dem Kopf stehend, verbracht habe, woran er sich so gewöhnt hätte, dass er schließlich gar nicht mehr auf die Beine kommen wollte. Danach, sagte sie, hätte er sein Abendessen nur noch im Kopfstand zu sich genommen.

Ich habe nichts dagegen, wenn Roo verrückte Geschichten zum Besten gibt, aber ich habe entschieden etwas dagegen, wenn sie ihre Meinung ändert. Beim Frühstück erzählte sie dem Käpten, es sei schon immer ihr erklärtes Ziel gewesen, eines Tages den Nordpol zu sehen. Am Nachmittag behauptete sie dann, dieser blöde, alte Pol sei ihr völlig wurst und auf die Eisbären hätte sie auch keine Lust mehr. Den ganzen Tag über war sie schon schlecht gelaunt gewesen, und es wurde noch schlimmer, nachdem sie ihren roten Ball verloren hatte. Sie spielte damit Fangen auf Deck, als er plötzlich über Bord rollte und von einem vorbeischwimmenden Haifisch gefressen wurde.

Bin jetzt sehr schläfrig. Ich hatte heute kein Frühstück, kein Mittagessen, keine Teestunde. Werde diesen Brief absenden, so schnell ich kann. Roo liegt in ihrem Körbchen und ich gehe jetzt zu Bett. Sehr raue See heute Abend. Das Schiff gibt schrecklich knarrende Geräusche von sich. Kann nicht weiterschreiben.

Dein Großvater

Montag, 14. Oktober
Irgendwo nahe Island,
weiß aber nicht genau, wo
An Bord der *Undankbaren*

Liebes Kind,

zehn Tage währt unsere Expedition bereits. Natürlich sind wir noch längst nicht am Ziel, aber wenigstens befinden wir uns auf dem Weg. Wenn wir erst angekommen sind, können wir das Klettern üben und nach dem besten Weg in das Große Bärengebirge suchen. Weder ich selbst noch Roo haben je an einer Expedition teilgenommen, aber ich weiß, dass man dabei nichts übereilen darf. Wir müssen achtsam sein. Wenn man etwas überstürzt, können einer Expedition schreckliche Dinge zustoßen. Man kann in tiefe Abgründe stürzen oder in einem Schneesturm verloren gehen.

Roo sagt, sie wäre niemals mitgekommen, wenn sie gewusst hätte, dass es sich um *so eine* Expedition handelt, und dass sie gedacht hätte, wir wären nur ein paar Tage unterwegs. Ich versuchte, ihr zu erklären, dass Expeditionen *immer* so zeitaufwändig sind. Wenn sie nur ein paar Tage dauerten, würde schließlich jeder eine unternehmen. Eine Expedition ist kein Picknick am Strand. Du kannst nicht abends nach Hause gehen, um eine Tasse Tee zu trinken.

All das Gerede von Stränden und Picknicks versetzte mich in eine wehmütige Stimmung und plötzlich vermisste ich euch alle, sogar Onkel Freddie. Ich trat hinaus an Deck. Die Sonne ging unter. Sanfter Wind wehte über mich hinweg. Ich fragte mich, ob es ein Fehler war, mich auf diesen langen Weg begeben zu haben. Vielleicht wollten die Eisbären uns gar nicht sehen. Vielleicht würden wir in einem Schneesturm verloren gehen. Vielleicht…

Meine Gedanken wurden vom Käpten unterbrochen, der mir zurief, ich solle die Luken dicht machen und alle unbefestigten Gegenstände festzurren. Ich begriff nicht, warum er es so eilig hatte. Die See sah so ruhig aus. »Die Ruhe vor dem Sturm!«, flüsterte der Käpten. Eine Minute später grollte Donner und gewaltige schwarze Wolken ballten sich über uns zusammen.

»Unter Deck!«, befahl der Käpten, nachdem ich mit all dem Dichtmachen und Festzurren fertig war. Ich sah aufs Meer hinaus. Es schien zornig zu sein. Ich begab mich rasch nach unten in meine Kabine, weil ich seine Wut nicht noch vergrößern wollte.

Beim Abendessen fiel kaum ein Wort. Ich musste meinen Teller festhalten, um ihn daran zu hindern, vom Tisch

zu schlittern. Der Käpten schwieg, doch lachte er jedes Mal schallend laut, wenn eine große Welle das Schiff längsseits traf. Ich befürchte, er hat heute Abend reichlich viel Rum getrunken. Er schlief in seinem Stuhl ein. Roo sagte, wenn ich wollte, würde sie das Steuer übernehmen, aber ich hielt es für uns beide für sicherer, zu Bett zu gehen. Wir zogen uns die Decken über den Kopf, was jedoch das Lärmen des

draußen wütenden Sturms nicht von uns fern zu halten vermochte. Eine weitere schlaflose Nacht steht bevor. Mach dir keine Sorgen, ich bin daran gewöhnt.

In Liebe,

dein Großvater

Dienstag, 15. Oktober
Die *Unsinkbare*

Mein liebes Kind,

mitten in der Nacht wurde ich von Roo geweckt, die mit lautem Bellen verkündete, das Schiff würde sinken. Mein erster Griff galt meinem Morgenmantel, doch da ich nicht im Schlafanzug ein nasses Grab finden wollte, versuchte ich, mich ordentlich anzuziehen. Ich bekam kaum die Beine in die Hosen, so heftig schlingerte das Schiff. Unter dem Türspalt drang Wasser ein, Schranktüren schwangen auf und all meine Kleidung, meine Landkarten und die Ausrüstung rutschten auf dem Boden zu einem triefnassen Haufen zusammen. Roo rannte im Kreis herum, einen Schwimmreif um den Bauch. Es gelang mir, die Kabinentür aufzudrücken, und wir kämpften uns nach draußen in den Korridor, wo wir auf den Käpten trafen. Roo brabbelte etwas von Rettungsbooten und davon, dass jeder Hund sich selbst der Nächste sei, bis der Käpten sie in Ölzeug wickelte und zu ihrem eigenen Schutz in den Schuhschrank sperrte. Dann schickte er mich zurück ins Bett, mit Tee, der verdächtig nach Rum schmeckte. Heute Morgen ließ der Sturm endlich nach. Der Käpten, der mich auf dem Bett festgebunden hatte, damit ich nicht herausfallen konnte, machte mich los und befreite Roo aus dem Schuhschrank. Ich trug ihm nichts nach, aber Roo schmollte und sagte, sie fühle sich nicht nach Frühstück. Sie aß lediglich fünf Streifen Schinken, drei Spiegeleier und sieben Scheiben Toast.

Ich ging in unsere Kabine, wo ich das Durcheinander aufräumte und den größten Teil des Morgens darauf verwendete, Wäsche zu trocknen, zu bügeln und zusammenzufalten. Als ich fertig war, schob Roo ihre Nase in die Tür und fragte, ob ich noch eine helfende Pfote gebrauchen könne. Ich fühle mich bei dieser Expedition sehr allein gelassen und weiß, dass letztlich alle Arbeit wohl an mir allein hängen bleibt.

Nach dem Mittagessen widmete sich der Käpten der Reparatur des Motors. Der hatte, wie es aussah, während des Sturms in der vergangenen Nacht einigen Schaden

gelitten. Ich bin kein Ingenieur, aber ich begleitete den Käpten in den Motorenraum, weil ich dachte, ihm vielleicht behilflich sein zu können. Ich befahl Roo, auf Deck zu bleiben und keinen Unfug zu machen.

Der Motor sah gar nicht gut aus. Aus den Leitungen tropfte Öl, jede Menge Zapfen, Nieten und Bolzen schienen sich gelöst zu haben. Ich sammelte so viele auf, wie ich finden konnte, und der Käpten setzte sie wieder in den Motor ein. Viele Stunden reparierte er daran herum, manchmal kroch er so tief in den Motor hinein, dass nur noch seine Füße herausschauten. Schließlich war auch der letzte Bolzen wieder an Ort und Stelle, und nachdem er noch eine Weile daran herumgeschraubt hatte, versuchte der Käpten, den Motor zu starten. Er drückte den Startknopf. Nichts. Er drückte den Knopf für den Notstart. Nichts. Dann drosch er mit seinem Schraubenschlüssel darauf ein. Immer noch nichts. Er trat sogar dagegen, aber der Motor wollte einfach nicht anspringen. In diesem Augenblick kam Roo die Leiter herabgeturnt, stolperte und fiel auf einige der Knöpfe. Der Motor erwachte brüllend zum Leben. Der Käpten zeigte sich erstaunt und sagte, er habe nie besser geklungen. Roo behauptete, ihr Onkel habe in einer Werkstatt gewohnt, deshalb wüsste sie so viel über Motoren.

Ich sagte, ich hätte noch nie von einem Ingenieurshund gehört. Roo sagte, wenn es Polizeihunde, Wachhunde, Blindenhunde, Hirtenhunde und Rettungshunde gebe, müsse es selbstverständlich auch Ingenieurshunde und wahrscheinlich sogar Arzthunde geben.

Ein herzhaftes Essen heute Abend, und der Käpten ausnahmsweise bei guter Laune. Wir spielten zusammen Mau-Mau. Roo hat neunzehnmal hintereinander gewonnen.

Sehr müde, werde morgen weiterschreiben.

Dein Großvater

Donnerstag, 17. Oktober
Irgendwo nahe des Nordpols
An Bord der *Unsingbaren*

Liebes Kind,

der gestrige Tag war so ereignisreich, dass mir keine Zeit blieb, dir einen Brief zu schreiben. Es gab einen weiteren Sturm und um Haaresbreite stießen wir mit einem Eisberg zusammen. Tag für Tag sehen wir jetzt mehr davon, was wohl bedeutet, dass wir uns dem Nordpol nähern.

Heute Nachmittag segelten wir an einer kleinen Pinguinkolonie vorbei. Das sind wirklich die allerwitzigsten Geschöpfe. Ich habe sie für dich gezeichnet. Ich suchte den Käpten auf. Er sagte, dass er das Festland bereits riechen könne. Das versetzte mich in große Aufregung, sodass ich versuchte, es ebenfalls zu riechen… doch alles, was mir in die Nase stieg, war der Duft der Heringe, die Roo in der Kombüse briet.

Das heutige Abendessen war wunderbar.

Danach erzählte der Käpten uns alte Seefahrergeschichten, von denen mir einige überhaupt nicht gefielen.

Roo trug ein paar Geschichten von ihrem Großvater bei, von denen ich leider sagen muss, dass sie von Mal zu Mal lächerlicher werden.

In einer dieser haarsträubenden Geschichten wurde er von einem Wal verschluckt und lebte zwei Jahre lang in dessen Bauch. Sie sagte, er hätte sich sogar ein kleines Haus da drin gebaut. Am Schluss sei er dann durch das Blasloch des Wals entkommen und zu seinem Schiff zurückgeschwommen. Dafür wurde er mit einer Medaille ausgezeichnet.

Dann fing Roo mit einer weiteren Geschichte an, in der ihr Großvater ganz allein ein Piratenschiff kaperte. Ich ging zu Bett.

Wenn der Käpten das Festland wirklich riechen kann,

müssen wir bald dort sein. Ich werde diesen Brief abschicken, sobald wir angekommen sind. Kann heute Nacht kaum schlafen. Bin zu aufgeregt.

In Liebe,

dein Großvater

Freitag, 18. Oktober
Walrossbucht
Nordpol

Mein liebes Kind,

hurra! Heute haben wir in der Walrossbucht angelegt. Der Käpten wünschte mir Glück und wir schüttelten uns die Hände. Er schenkte Roo eine Büchse Makkaroni in Käsesoße. Ich glaube, er hat Roo wirklich gemocht. Ihn davonsegeln zu sehen, stimmte uns traurig.

Das Städtchen Walross ist gar kein so übler Ort. Es gibt hier ein paar Läden und ein Postamt, wo ich Briefe aufgeben und empfangen kann. Zum Postamt gingen wir

sofort, um nachzusehen, ob Briefe für mich hinterlegt waren. Habe eine Postkarte von deinem Onkel Vincent erhalten, der in Australien auf Goldsuche ist. Darauf stand:

Ich schickte ihm fünf englische Pfund und ein Paar meiner besten Golfsocken. Ich holte den Schlüssel für meine neue Hütte ab, danach gingen wir zu einem Laden, der sich *Der Gefrierschrank* nennt, und erstanden einige Vorräte.

Unsere Hütte steht auf einem Hügel am Ortsrand von Walross. Drinnen war es sehr schmutzig und reichlich

düster, doch schnell war aufgeräumt und dann machten wir den Ofen an. Es gibt hier ein Bett, drei Stühle und einen Tisch und draußen einen kleinen Schuppen, in dem Holz gelagert ist. Das ist nicht viel, aber es ist unser Zuhause.

Bin sehr müde. Werde dir morgen wieder schreiben. Sag deiner Mutter, ich hätte vergessen, meine Wollmütze einzupacken. Sie möchte sie mir zur Walrossbucht schicken.

Die Adresse lautet:

Postamt
Wolfstraße
Walross
Walrossbucht
Nummer: Nordpol

In Liebe,

dein Großvater

HOLZ

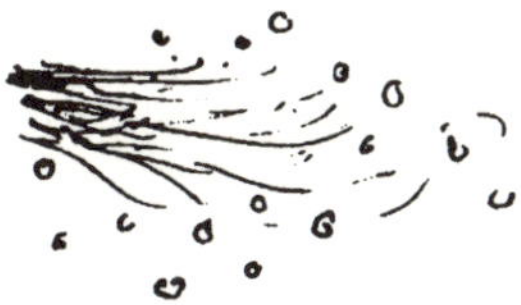

Montag, 21. Oktober
In unserer Hütte
Walrossbucht

Liebes Kind,

es tut mir Leid, dass ich dir nicht früher geschrieben habe. Doch das Wetter war so schlecht, dass wir drei Tage lang die Hütte nicht verlassen konnten und alle Hände voll damit zu tun hatten, den Schnee draußen zu halten. Es gelingt ihm, selbst kleinste Ritzen in den Wänden zu durchdringen, sodass heute Morgen, als ich erwachte, mein ganzes Bett mit Schnee bedeckt war und Roo mich freigraben musste! Wir sind erst seit wenigen Tagen hier und schon will Roo zurück nach Hause. Hauptsächlich beschwert sie sich über ihre Pfoten. Ich habe ihr ein paar Socken gegeben, aber sie behauptet, die hätten die falsche Farbe, und weigert sich, sie zu tragen.

Muss zugeben, dass ich doch sehr erleichtert war, als sie sich endlich schlafen legte. Am liebsten würde ich sofort die lange Reise ins Große Bärengebirge antreten, habe aber nicht den Eindruck, dass Roo schon dazu bereit ist. Sie braucht mehr Training, als ich anfangs dachte.

Fühle mich heute Abend nicht so gut.

In Liebe,

dein Großvater

BERGSTEIGER
SCHNEE RAD $20
SCHNEE KERZEN
PFEFFER MINZ
MILCH
KINDER-PINGUINE MÜSSEN VON ERWACHSENEN BEGLEITET WERDEN
AUF ANORDNUNG
ERBSEN

Dienstag, 22. Oktober
Walrossbucht

Liebes Kind,
heute Morgen wurde ich davon geweckt, dass Wölfe über mein Dach liefen. Es war bereits das zweite Mal in dieser Woche, und ich muss doch sagen, dass ich es inzwischen herzlich leid bin!

Roo sagt, nächstes Mal würde sie die Hütte verlassen. Ich habe allerdings keine Ahnung, wohin sie dann gehen will. Ob es uns gefällt oder nicht, wir stecken hier fest, und es liegt nicht in unserer Hand, daran etwas zu ändern. Ich habe Roo Sinn und Zweck unserer Expedition erklärt, doch um ihre Aufmerksamkeit ist es kaum besser bestellt als um ihr Gedächtnis. An die hundertmal muss ich ihr inzwischen erklärt haben, dass wir nach den letzten Eisbären suchen.

Heute Nachmittag gingen wir nach Walross hinunter, um unsere Vorräte aufzustocken.

Wir statteten dem Postamt einen kurzen Besuch ab, anschließend kauften wir ein Paar Gummistiefel sowie einige Wolldecken.

Dann gingen wir zum *Letzten Laden*, aus dem wir mit lauter Sachen wieder herauskamen, die wir beim Reingehen noch nicht gebraucht hatten. So ist das eben mit dem *Letzten Laden. Man kann darin mit dem Einkaufen einfach nicht aufhören.*

Ich habe eine Eieruhr erstanden, ein Glas Sirup, sechs Gute-Besserung-Karten, eine Trage, einen Hocker, ein Päckchen Klebeetiketten für Marmeladengläser und ein Päckchen Gummiflicken.

Roo hat ein ziemlich schlechtes Hasenbild gekauft. Haben alles auf die Trage gepackt und nach Hause gezogen.

Morgen werden wir versuchen, bis jenseits der Wolfsspitze vorzudringen. Richte deiner Mutter aus, dass ich genügend saubere Socken habe und kein Anlass zur Sorge besteht.

Wölfe sehr unruhig heute Abend.

Dein Großvater

Roos
Hasenbild

Der Wolfsschuppen – konnte keine Tür entdecken.
Vermutlich benutzen sie die Fenster – typisch!

Mittwoch, 23. Oktober
Walrossbucht

Mein liebes Kind,

heute Morgen ertappte ich ein paar Wölfe dabei, wie sie in meinem Holzschuppen nach getrocknetem Fisch suchten. Ich sagte ihnen, dass ich keinen hätte, und sie machten sich davon, kamen aber später mit ihren Brüdern und Schwestern wieder, stahlen zwei Kissenbezüge von der Wäscheleine und bissen Löcher in meine neuen Gummistiefel. Habe die Stiefel mit dem Flickzeug repariert und bin gleich nach dem Mittagessen zur Wolfsspitze aufgebrochen. Der Ausflug verzögerte sich, weil Roo sich weigerte, am Wolfsverschlag vorbeizugehen. Da lagen sie drin, auf meinen Kissenbezügen, und ich bin mir sicher, dass sie Old Sock getrunken hatten, denn sie sangen aus vollem Hals. Was für ein Geheul! Roo benahm sich allerdings kaum anständiger. Dass sie nicht an ihnen vorbeigehen wollte, hielt sie nicht davon ab, die Wölfe anzubellen und ein ziemliches Durcheinander auszulösen. Ein paar von ihnen stürmten angriffslustig aus

dem Verschlag, worauf Roo prompt davonlief und ich auf mich selbst gestellt war. Sie waren bereits so betrunken, dass sie sich gegenseitig bekämpften. Ich ließ sie machen. All das ist einzig und allein Grogmans Schuld. Er sollte ihnen keinen Alkohol verkaufen.

Irgendwann fand ich Roo wieder und zäumte sie vor den Golfroller. Meine Gummistiefel leckten den ganzen Weg bis hinauf auf die Wolfsspitze. Wegen des Schmelzwassers ist es hier oben sehr matschig. Die Eisbären, da bin ich mir ganz sicher, müssen sich also weiter nördlich aufhalten, wo der Schnee noch fester ist. Ich nehme an, dass sie sich ins Große Bärengebirge zurückgezogen haben. Sollten sie dort nicht sein, dann weiß ich auch nicht weiter. Machte um fünfzehn Uhr kehrt und ging über den Gletscher zurück zur Hütte. Kam am Wolfsverschlag

Roo und eine Schneemaus.
Roo trägt den Pullover, den Onkel Freddie mir zu Weihnachten geschenkt hat

vorbei, doch sie schliefen bereits. Mir ist ein wenig flau im Magen, weil Roo heute das Abendessen zubereitet hat. Eine scheußliche Angelegenheit war das, zusammengekocht aus den Essensresten von gestern und etwas, das fünf Beine hatte und sehr schwer zu kauen war.

Richte deiner Mutter aus, dass es mir gut geht. Ich bin achtundsiebzig Jahre alt und kann gut auf mich selbst aufpassen.

Dein Großvater

Donnerstag, 24. Oktober

Walrossbucht

Liebes Kind,

einer meiner Handschuhe ist verschwunden, das erschwert das Schreiben dieses Briefes. Immer wieder muss ich innehalten, um meine Hand zu wärmen. Vergangene Nacht noch mehr Ärger. Kurz nach Mitternacht kam ein Rudel Wölfe vorbei und forderte Einlass, um nachzusehen, ob wir getrocknetes Fleisch versteckt hatten. Ich sagte ihnen, sie sollten zu Bett gehen, weiß aber, dass sie hinunter zu Grogman liefen, wo sie noch mehr Old Sock kauften. Die ganze Nacht hindurch haben sie gesungen, und ich glaube, ich habe kein Auge zugetan.

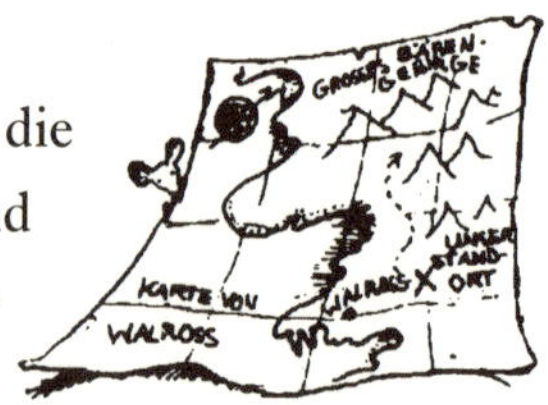

Heute Morgen habe ich die Landkarte herausgekramt und eine neue Route ins Große Bärengebirge ausgearbeitet. Die Wolfsspitze ist zu steil für Roo, um den Golfroller hinaufziehen zu können. Das Enge Tal ist zu eng und die Windschlucht zu windig.

Ich habe eine Route gefunden, die über die Sanften Hügel führt, und entschieden, dass dies der beste Weg ist.

Heute Nachmittag besuchten wir meinen neuen Freund, den Eisdichter Jackson. Jackson stellt die fantastischsten Schneeskulpturen her, die ich je gesehen habe.

Zurzeit arbeitet er an einem riesigen Elch, der aus nichts als Schnee besteht. Als ich bei ihm ankam, war er gerade am Geweih zugange. Er lebt sehr bescheiden, und oft frage ich mich, wie er überhaupt zurechtkommt. Für seine Schneeskulpturen bekommt er keinen Pfennig.

Jackson berichtete mir, dass in der Blauwalbucht die Schneeschmelze eingesetzt hat. Er sagte, er sei am Montag dort gewesen und dass die Skulptur eines Albatrosses, die er vergangene Woche geschaffen hatte, geschmolzen und ins Meer gelaufen ist.

Bevor ich ihn verließ, schenkte er mir eines seiner Schneegedichte. Es war in einen Eisblock graviert.

Jackson hat hunderte von Gedichten über den Schnee verfasst, doch dieses hier fand ich besonders traurig.

Es ging so:

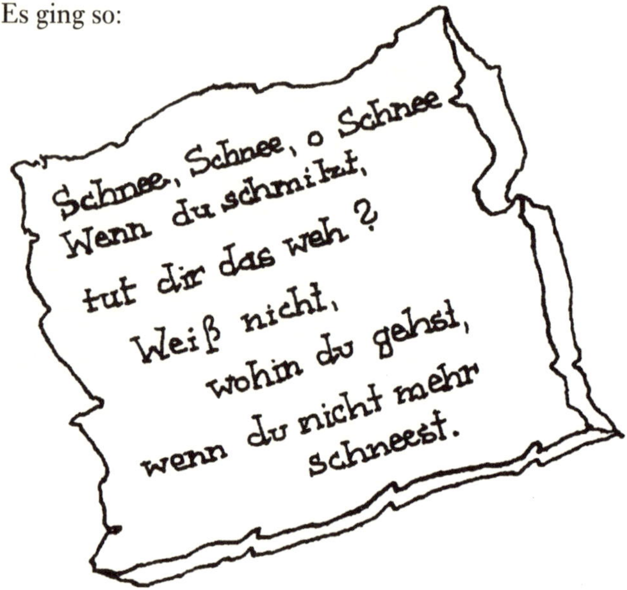

Ich schenkte ihm zwei getrocknete Fische und eine Büchse Sahnebonbons, dann verabschiedeten wir uns und gingen nach Hause.

Heute Abend habe ich gekocht.

Richte deiner Mutter bitte aus, ich hätte vergessen, meine Bücher zurück zur Leihbibliothek zu bringen, sie möchte das bitte für mich erledigen. Es schneit. Die Wölfe sind heute Abend sehr ruhig. Träum süß, Kind.

Dein Großvater

ALLES IST SICH (NICHT) GLEICH
EIS. WASSER UND RAUCH
FISCHE GIBT ES ÜBERALL
IM FEUER AUCH.
- JACKSON

Freitag, 25. Oktober
Walrossbucht

Mein liebes Kind,

bin sehr ruhelos heute. Roo will nicht in ihrem Körbchen schlafen, immer wieder kriecht sie mitten in der Nacht in mein Bett. Das würde mir nicht so viel ausmachen, wenn sie nicht ständig zappeln und mich mit ihren Pfoten stupsen würde. Stand um fünf Uhr auf und kochte etwas Tee, während Roo gemütlich weiterschlummerte.

Ging diesen Morgen hinunter zum Postamt, um nachzusehen, ob Briefe für mich angekommen waren. Erhielt einen Brief von deinem Onkel Freddie, der seinen Golfroller zurückforderte. Da ich den Wagen immer noch benötige, um unsere Ausrüstung durch die Gegend zu ziehen, kann er ihn noch nicht zurückhaben.

Habe ihm ein Telegramm geschickt:

GOLFROLLER VERSEHENTLICH
VON WÖLFEN GEFRESSEN.

Hielt unterwegs beim *Gefrierschrank*, um meinen Vorrat an Sahnebonbons aufzustocken, die mich bei Kräften halten sollen. In letzter Zeit werde ich rasch müde. Es muss an der Kälte liegen.

Aß die Bonbons und fühlte mich gleich besser. Als ich zurückkam, war es elf Uhr, und Roo lag immer noch im Bett. Wie soll ich eine Expedition anführen, wenn mein Leithund morgens nicht aufstehen will?

Heute Nachmittag gab es eine Lawine und von der Wolfsspitze fiel eine Menge Schnee ins Tal herab. Im Moment ist es zu gefährlich, den Aufstieg ins Große Bärengebirge zu wagen. Täglich schmilzt mehr Schnee und dies war bereits die dritte Lawine in dieser Woche.

Während ich dir diesen Brief schreibe, bereitet Roo das Mittagessen zu. Soeben sind die Wölfe an meinem Fenster vorbeigelaufen und einer von ihnen hat einen Schneeball geworfen. Aus dem Ofen flackert freundliches Licht, wir sind warm und geborgen. Mach dir um uns keine Sorgen, Kind. Weder Roo noch ich haben je an einer Expedition teilgenommen, aber wir wissen, was wir tun.

Sag deiner Mutter, dass ich täglich drei Mahlzeiten zu mir nehme und im Freien stets meinen Schal trage. Jetzt muss ich leider Schluss machen, Kind, denn Roo sagt, das Mittagessen sei fertig.

Dein Großvater

Samstag, 26. Oktober
Walrossbucht

Liebes Kind,

wie der Wind heulte letzte Nacht! Ich dachte, er würde uns das Dach von der Hütte pusten. Ich habe nicht gut geschlafen. Schmolz etwas Schnee und bereitete eine Kanne Tee zu. Es ist sehr kalt heute, und ich befürchte, dass mir die Zeit davonläuft. Ich muss so schnell wie möglich ins Große Bärengebirge gelangen.

Nach dem Frühstück beschloss ich, Jackson einen Besuch abzustatten und nachzusehen, ob er mit der Arbeit an der Skulptur des Schneeelches vorankam. Ich fand ihn sehr unglücklich vor. Der Schneeelch war geschmolzen. Er war jetzt bestenfalls ein Schnelch. Nur noch das Geweih war übrig, doch auch das tröpfelte bereits. Ich schenkte Jackson ein paar Orangen und eine Teekanne, um ihn aufzuheitern, doch als ich den Hügel wieder hinabstieg, war ich mir sicher, ihn weinen zu hören.

Nach einer Mahlzeit aus geräuchertem Käse übte ich mit Roo das Ziehen des Rollers. Ich spielte ein wenig Golf, um bessere Laune zu bekommen. Wenn mir – so habe ich herausgefunden – ein kräftiger Schlag in unsere Wegrichtung gelingt, dann bemerken wir nicht, wenn wir nach meinem Ball suchen, wie lang die Strecke ist. Ich musste die Bälle rot anmalen, damit sie sich vom Schnee abzeichnen. Ich habe nur drei Golfschläger dabei: einen Driver für die weiten Schläge über die verschneiten Täler, ein Fünfereisen für die mittelweiten Schläge über die Gletscherspalten und meinen Putter für die empfindlichen Schläge über das Eis.

Roo mag es nicht, wenn ich Golf spiele. Sie achtet nicht darauf, wenn ich nach den Bällen schlage, und genauso wenig ist sie mir dabei behilflich, sie wieder zu finden.

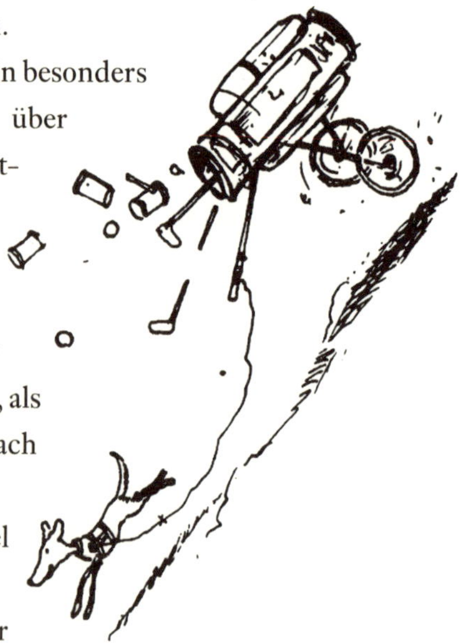

Mir war gerade ein besonders schwieriger Schlag über einen kleinen Gletscher gelungen (er war nur dreißig Meter hoch, was für einen Gletscher ziemlich niedrig ist), als sie beschloss, jetzt nach Hause zu gehen.

Sie lief den Hügel hinab, zerrte dabei den Golfroller hinter sich her und brachte ihn zum Umkippen. Golfbälle, Zeltheringe, Konservenbüchsen, mein Driver und mein geliebter Putter, sie alle purzelten aus dem Wagen und schossen eine tiefe Schlucht hinab.

Sie sind für immer verloren. Vielleicht wird man sie in tausend Jahren finden, im Eis eingefroren, und Wissenschaftler werden darüber streiten, was sie darstellen sollen. Ich bin sehr böse auf Roo und habe den ganzen Abend nicht mit ihr gesprochen. Der Wind heult jetzt weniger laut.

Keine Spur von den Wölfen.

Deiner Mutter alles Liebe.

Dein Großvater

Montag, 28. Oktober
Walrossbucht

Liebes Kind,

seit einigen Tagen habe ich dir nicht schreiben können, weil ein schrecklicher Schneesturm tobte. Er hielt zwei Tage lang an und ich war mit Roo hier eingeschlossen und konnte nicht nach draußen. Ich las ihr aus einem Buch vor, das *David Copperfield* heißt, aber sie sagte, weil es darin keine Bilder von Hasen gäbe, würde es sie nicht interessieren.

Die meiste Zeit verbrachte sie damit, aus dem Fenster zu starren, obwohl es bis auf den wirbelnden Schnee nichts zu sehen gab.

Während des Sturms ging uns beinahe das Öl aus, sodass ich ein paar unserer Besitztümer verbrennen musste, um uns warm zu halten.

Ich habe zwei Stühle, zwei Tischbeine und Roos Körbchen verbrannt. Hätte der Schneesturm nicht nachgelassen, wären als Nächstes die Dielenbretter dran gewesen.

Roo war außer sich wegen ihres Körbchens. Sie sagt, sie hätte darin Dinge sammeln wollen. Ich erwiderte, es wäre eine Schande, dass sie nie darin geschlafen hätte.

Letztendlich musste ich ihr die Geschichte von der Eiskrem oben im Bärengebirge erzählen, um sie zu beruhigen. Vor langer, langer Zeit, erzählte ich ihr, war der Schnee so rein und so sauber, dass er besser schmeckte als die beste Eiskrem, die man kaufen kann. Doch als die Luft von all dem Rauch und den Chemikalien immer schlechter wurde, verlor der Schnee seinen Geschmack. Jetzt liegt die letzte Eiskrem der Welt oben im Bärengebirge. Riesige Mengen davon. Und deshalb ziehen wir dorthinauf. Um Eiskrem für Roo zu besorgen. Roo liebt diese Geschichte, auch wenn sie ihr schon oft gelauscht hat, und ich muss gestehen, dass ich ein paar Kleinigkeiten hinzugefügt habe – die fantastische Schokoladenminze zum Beispiel, die es nur im Schatten gibt, oder den Erdbeersplit, den man nur bei Sonnenuntergang findet. Die habe ich erfunden. Danach fühlte Roo sich gleich besser und schien richtig wild darauf zu sein, so bald wie möglich das Große Bärengebirge zu erklimmen, um Eiskrem zu finden.

Schaufelte uns heute Nachmittag frei und ging hinunter nach Walross, um unsere Vorräte aufzustocken. Verbrachte viel Zeit damit, die Läden zu suchen, da alles unter tiefem Schnee begraben lag. Fand schließlich das Postamt, weil Roo kopfüber in dessen Kamin plumpste. Sie muss direkt über das Dach marschiert sein. Roo war unverletzt. Allerdings ist sie jetzt eher ein schwarzer als ein gelber Hund. Im Postamt fanden das alle witzig, jemand nannte sie sogar den Weihnachtshund, worauf alle noch lauter lachten. Roo verzog sich unter den Schalter und wollte nicht wieder hervorkommen. Ich kaufte Kartoffeln, Haferflocken, Getreide, getrockneten Fisch, Zeltheringe und neue Gummistiefel, und dann sah ich, dass der Postbeamte ein Päckchen für mich aufbewahrte. Dein Vater hat mir mein altes Einereisen geschickt, das einzupacken ich in der Eile vergessen hatte. Ich war darüber so erfreut, dass ich Roo zur Feier des Tages einen gelben Ball, einen mit Blümchen bedruckten Schal und ein Päckchen gerösteter Erdnüsse kaufte.

Das Einereisen ist wirklich mein Lieblings-Golfschläger. Es eignet sich nicht nur für weite Schläge und zum Einlochen, sondern ist auch hervorragender Eispickel und Spazierstock zugleich. Ich bin mir sicher, dass ich es mit meinem Einer ganz bestimmt bis ins Große Bärengebirge schaffen und die Eisbären finden werde.

Auf dem Heimweg gingen wir bei Grogman vorbei, was uns beinahe die gute Laune verdarb. Ein paar Wölfe lümmelten sich vor der Ladentür, wo sie Old Sock tranken, und als wir an ihnen vorübergingen, sangen sie ein sehr hässliches Lied über uns. Es ging ungefähr so – die schlimmsten Worte lasse ich weg, weil ich weiß, dass sie deiner Mutter nicht gefallen würden:

Ein alter Mann mit 'nem kleinen Hund,
Jo-ho-ho und 'ne Pulle Old Sock,
Der sagte, Grog wär für uns nicht gesund,
Jo-ho-ho und 'ne Pulle Old Sock!

Ein armer Wolf klopft bei ihm an die Tür, 
Jo-ho-ho und 'ne Pulle Old Sock,
Der Alte schlug ihm auf'n Kopf dafür,
Jo-ho-ho und 'ne Pulle Old Sock!

Das ist natürlich völliger Unsinn. Ich habe niemals irgendjemandem auf den Kopf geschlagen, schon gar keinem Wolf.

Wir wurden mit Schneebällen beworfen, aber ich wies

Roo an, die Wölfe nicht zu beachten, und so erreichten wir ohne weitere Zwischenfälle unsere Hütte.

Heute Abend eine leckere Mahlzeit aus Bratkartoffeln. Roo nahm nicht viel zu sich. Ich glaube, dass sie hier irgendwo ihr eigenes Futter versteckt hält. Sie geht sorgsam mit ihrem Geld um, und obwohl ich ihr pro Woche nur fünf Pence zugestehe (was für einen so kleinen Hund genügen sollte), bin ich mir sicher, dass sie mehr Geld besitzt als ich, und wahrscheinlich hat sie auch mehr zu essen.

Die Wölfe kamen sehr spät von Grogman zurück, sie sangen weitere sechzehn Strophen ihres Liedes auf unserem Dach.

Muss jetzt zu Bett gehen. Bin sehr müde. Schlaf gut, mein Kind.

Dein Großvater

Dienstag, 29. Oktober
Walrossbucht

Liebes Kind,

wurde heute Morgen von Wölfen in meiner Hütte geweckt. Sie boten mir einen meiner Kissenbezüge im Tausch gegen getrockneten Fisch. Als ihnen klar wurde, dass ich unsere Vorräte nicht kampflos herausgeben würde, stahlen sie zwei Grammofonplatten sowie ein Paar Hosenträger und flüchteten damit. Ich habe keine Ahnung, was sie damit anfangen wollen, denn sie besitzen weder einen Plattenspieler noch Hosen, die ihnen herunterrutschen könnten.

Kurz darauf begaben Roo und ich uns in der Blauwalbucht auf die Suche nach Treibholz. Während wir am Strand das Holz einsammelten, stürzten ein paar tiefgefrorene Möwen vom Himmel herab. Seite an Seite stopfte ich sie in meine Golftasche, wie Sardinen in eine Büchse, und nahm sie mit nach Hause. Dort legte ich sie vor den Ofen und ein paar Stunden später waren sie aufgetaut und wieder ganz lebendig. Anfangs waren sie verwirrt und flatterten durch meine Hütte, stießen Bücher aus den Regalen, zerschmetterten Geschirr und versuchten, durch die Fenster nach draußen zu gelangen. Endlich beruhigten sie sich, fanden sich auf dem Boden zu einem Pulk zusammen und begannen, sich zu putzen. Nachdem sie ihr Gefieder gerichtet hatten, bekamen sie Hunger und watschelten auf der Suche nach Essbarem durch die Hütte. Sie waren sehr hungrig. Sie entdeckten den getrockneten

Fisch und fraßen ihn auf. Die Haferflocken verschmähten sie, aber die restlichen Kartoffeln und die Bohnen machten sie nieder. Sie fanden auch Roos geröstete Erdnüsse, stritten darum und verputzten sie schließlich. Eine von ihnen versuchte sogar, die Verpackung zu fressen.

Jetzt, während ich dir schreibe, schlafen sie endlich. Roo hat gerade ein wenig Haferbrei zubereitet, und ich denke, nach dem Essen werden wir früh zu Bett gehen. Eigentlich haben wir auch gar keine Wahl, denn eine der Möwen hat meine Laterne zerbrochen, und es wird zu dunkel, um noch etwas sehen zu können.

Gute Nacht, mein Kind.

Dein Großvater

Mittwoch, 30. Oktober
Walrossbucht

Liebes Kind,

heute Morgen zogen die Möwen ihrer Wege. Sie hinterließen ein schlimmes Durcheinander. Überall lagen zerbrochene Teller und anderes Geschirr verstreut und alles ist mit weißen Federn und Vogeldreck bedeckt.

Roo fand den ganzen Vorfall mehr als unangenehm und sagte, ich hätte die Möwen dort lassen sollen, wo ich sie gefunden hatte. Wir verbrachten den Morgen damit, hinter ihnen herzuräumen. Ich weiß immer genau, wann Roo schlechte Laune hat, sie ist mir dann ständig mit dem Besen auf den Fersen und behauptet, ich stände ihr im Weg. Ganz gleich wohin ich mich bewegte, war das die Stelle, die sie als Nächstes putzen wollte. Sie verfolgte mich quer durch die Hütte und schob dabei einen Haufen Federn und Scherben vor sich her. Die hob sie nicht auf,

sondern bugsierte sie nur von einer Seite des Raums zur nächsten. Ich beschloss, mir mein Einser zu schnappen und draußen im Schnee eine Runde zu golfen. Dieser Golfplatz hat seine Tücken. Zu beiden Seiten wird er jeweils von einer tiefen Schlucht begrenzt, und wenn man seinen Ball dorthinein schlägt, ist der für immer dahin. Am Ende des Platzes ist eine rote Fahne aufgestellt, die das Loch markiert. Man muss den Ball mit so wenigen Schlägen wie möglich in das Loch

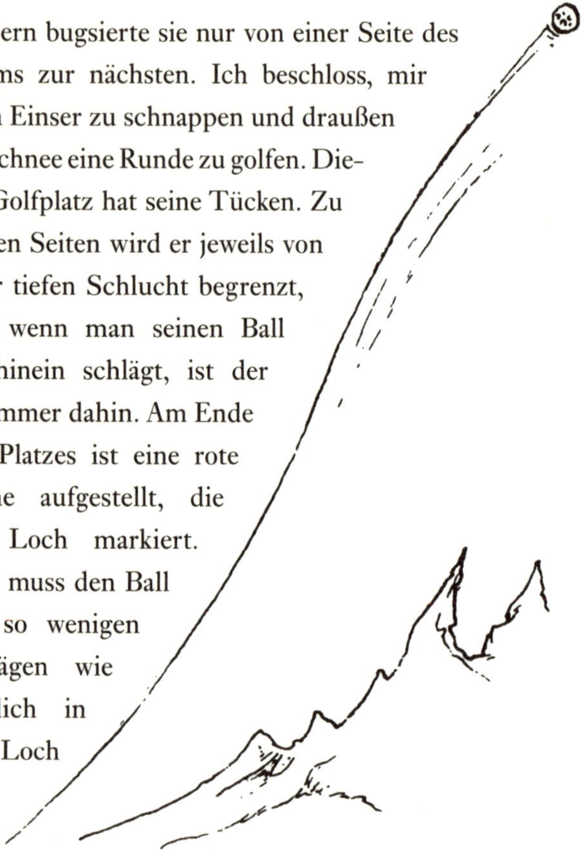

befördern. Leider gibt es hier niemanden, mit dem ich spielen kann. Roo kann Golf nicht ausstehen, und Jackson sieht keinen Sinn darin, einen Ball über den Schnee zu dreschen. Also spiele ich allein.

Mein erster Schlag ging ins Meerwasser. Der zweite in

eine der Schluchten. Da mir die Golfbälle langsam ausgehen, beschloss ich, nur noch einen letzten Ball zu spielen und dann einzupacken. Ich zielte auf die rote Fahne, behielt den Ball genau im Auge und versetzte ihm einen mächtigen Schlag mit dem Einser.

Der Ball stieg hoch in den blauen Himmel, blieb dort für einen Moment hängen, wie um zu überlegen, was als Nächstes zu tun sei, und ging dann, indem er einen graziösen Bogen beschrieb, jenseits einer der Schluchten nieder. Es war ein ausgezeichneter Schuss, und ich stürmte sofort hinterher, um weiterzuspielen.

Mit größter Vorsicht ging ich an den Abgründen vorbei, denn wenn man dorthinein fällt, ist man verloren. Dann erspähte ich, ein Stück entfernt, einen geduckten schwarzen Schatten, der im Schnee lag. Als ich mich ihm näherte, bemerkte ich, dass es sich dabei um einen kleinen Pinguin handelte, bewusstlos, aber am Leben. Neben ihm lag mein Golfball.

Ich wickelte den Pinguin in meinen Mantel, verstaute ihn in meiner Golftasche und begab mich auf schnellstem Weg zurück zur Hütte. Neben dem Ofen bettete ich ihn in einen Pappkarton. Ich habe große Schuldgefühle wegen dieser Sache und bete darum, dass es ihm bald

besser geht. Roo und ich hatten einen Streit, als wir zum Einkaufen hinunter nach Walross gingen. Sie sagte, da könnte ich ja gleich die ganze Arktis zu uns einladen und das wär's dann. Wir könnten Seelöwen, Schneefüchse und Wasservögel in unsere Hütte pferchen, sagte sie, und selber draußen schlafen. Ich bat sie, doch etwas mehr

Mitgefühl für andere Kreaturen aufzubringen. Sie sagte, warum sollte sie es besser machen als die anderen, die sich schließlich auch nicht um sie kümmerten?

Pinguin noch immer nicht bei Bewusstsein.

Richte deiner Mutter aus, dass es mir gut geht. Die Tabletten, die ich von Doktor Strangler erhielt, habe ich fortgeworfen und fühle mich ohne sie viel wohler. Heute Abend Vollmond und viele Sterne. Hier in der Arktis scheinen die Sterne heller zu strahlen. Jackson sagt, das läge daran, dass die Luft so sauber ist. Durch das ganze Tal konnte man schauen bis hinauf zum Großen Bärengebirge. Es war wie Tageslicht, nur viel blauer.

Die Wölfe haben während der ganzen Nacht geheult. Ein melancholischer Klang, einsamer als alles, was ich je in meinem Leben gehört habe.

POSTAMT
LADEN

Freitag, 32. Oktober
Walrossbucht

Liebes Kind,

hipp, hipp, hurra und dreimal Hoch! Der kleine Pinguin ist aufgewacht. Am Kopf hat er eine winzige Beule, doch davon abgesehen, ist er wohlauf. Er hat sechs getrocknete Fische gefrühstückt und sich dann wieder schlafen gelegt.

Ging nach draußen, um Holz für den Ofen zu holen, und spürte sofort, dass irgendetwas nicht stimmte. Zunächst war ich mir nicht darüber im Klaren, was es war. Dann fiel mir der Himmel auf. Eine Hälfte war von tiefem Blau, die andere von strahlendem Gelb. Doch viel seltsamer als das waren Sonne und Mond.

Sie standen Seite an Seite!

Die Sonne war aufgegangen wie üblich, aber der Mond hatte sich nicht dorthin zurückgezogen, wo er sonst tagsüber hinzugehen pflegt. Er war geblieben.

Ich eilte zurück in die Hütte und dort fiel mein Blick auf den Kalender. Danach wäre heute der zweiunddreißigste Oktober, was nicht richtig sein konnte, da der Oktober nur einunddreißig Tage besitzt und heute der erste November sein müsste. Erzählte das Roo, und sie sagte, nichts könne ihr gleichgültiger sein als die Frage, wie viele Tage der Oktober hat – für sie sei ein Tag wie der andere und Tage sollten sowieso nicht nummeriert werden.

Doch trotz Roos Einwand geht hier irgendetwas Seltsames vor. Ich finde, wir sollten so schnell wie möglich zum Großen Bärengebirge aufbrechen, bevor es noch seltsamer wird.

Ich begann sofort zu packen. Schickte Roo hinunter zum Postamt mit einer Liste all der Dinge, die wir noch benötigten. Eine Stunde später kehrte sie zurück und berichtete, es gebe kaum noch Nahrungsmittel zu kaufen. Scheinbar sind alle im Aufbruch begriffen. Kann nicht entscheiden, was ich mit dem Pinguin machen soll. Ich fühle mich für ihn verantwortlich, aber er ist unglaublich gefräßig. Dennoch kann ich ihn nicht hier zurücklassen. Ich werde ihn mitnehmen, bis wir auf eine Pinguinkolonie stoßen, die ihn aufnimmt.

Der Abend dämmerte heute früh. Die Wölfe verhalten sich sehr ruhig. Morgen brechen wir zum Bärengebirge auf, da mag kommen, was will.

Sorge dich nicht um uns, Kind. Wir werden aufpassen. Ich habe mein Einereisen und ich habe Roo.

Süße Träume.

Dein Großvater

Ein Schneeschuh-Hase

Samstag, 33. Oktober
Auf halbem Wege in die Sanften Hügel

Liebes Kind,

nachdem ich Roo vor den Golfroller gespannt hatte, der bis zum Rand mit Lebensmitteln, dem Zelt, Schlafsäcken, dem tragbaren kleinen Herd und Töpfen und Pfannen bepackt war, schloss ich die Tür zur Hütte ab, und wir marschierten schnurstracks den Sanften Hügeln entgegen. Ich schaute nicht zurück, um meine Entscheidung nicht doch noch rückgängig zu machen.

Auf dem Weg in die Hügel begegneten wir den Wölfen. Ich sagte ihnen, sie könnten meine Hütte und alles haben, was wir darin zurückgelassen hatten, doch sie schüttelten nur die Köpfe und erklärten, sie befänden sich unterwegs nach Norden. Einer von ihnen erwähnte

etwas vom Ruf der Wildnis. Das kam mir mindestens ebenso seltsam vor wie der Himmel, der heute Morgen in fahlem Grün leuchtete, und ich fragte mich, was geschehen sein mochte, dass sie so verändert waren. Wochenlang hatten sie in ihrem Verschlag herumgelegen und Old Sock getrunken und jetzt, plötzlich, nahmen sie die beschwerliche Reise nach Norden auf sich. Durch den Schnee tollten sie auf die Wolfsspitze zu und dann verlor ich sie aus dem Blick.

Sie schienen wie verwandelt.

Eher so, wie sie gewesen sein müssen, bevor das Postamt kam.

Wölfe.

Ein Stück hügelaufwärts stießen wir auf Jackson, der an einem gigantischen Walross arbeitete. Ich sagte ihm, dass wir jetzt ins Bärengebirge ziehen würden. Ich übergab ihm einige Briefe mit der Bitte, sie für uns einzuwerfen, bedankte mich bei ihm und wir gingen weiter. Um die Mittagszeit erreichten wir die Sanften Hügel und begannen mit dem langwierigen Aufstieg.

Einmal wandte ich mich um und sah die Hütte, ein winziger Fleck in weiter Entfernung, und ich fühlte einen Kloß in meiner Kehle aufsteigen.

Roo zog den Golfwagen mit großer Begeisterung, zweifellos angefeuert vom Gedanken an Eiskrem, sodass wir zur Teestunde schon den halben Hügel hinter uns gebracht hatten.

Wir machten Halt und schlugen das Zelt auf, krochen hinein und machten den Ofen an. Nach einer ausgiebigen Mahlzeit schlüpften wir in unsere Schlafsäcke. Der Pinguin nicht, da er daran gewöhnt ist, ohne einen auszukommen.

Morgen werden wir auf dem Gipfel ankommen. Bin sehr müde.

Dein Großvater

Sonntag, 34. Oktober
Weiter oben in den Sanften Hügeln

Liebstes Kind,

was für ein schrecklicher Tag! Als wir die Zeltheringe lösten, riss ein gewaltiger Windstoß unser Zelt mit sich fort. Wir beobachteten, wie es langsam über der Blauwalbucht davonschwebte. Glücklicherweise hatte ich zuvor die Schlafsäcke herausgeholt, sonst wäre die Katastrophe komplett gewesen.

Weiter ging es die Sanften Hügel hinauf. Der Wind wurde strenger. Ich band uns alle mit einem Stück Seil aneinander, damit keiner von uns davonwehen konnte. Wir kamen nur langsam voran. Manchmal schien das Große Bärengebirge näher zu rücken, dann wieder, wenn es gerade schien, dass wir dort ankämen, entschwand es wieder in der Ferne. Es muss sich ähnlich damit verhalten wie mit diesen Trugbildern in der Wüste. Die Farbe des Himmels wechselte von Lila zu einem tiefen Purpurrot und es begann zu schneien.

Wir hielten an und bauten ein Iglu. Aus Schneeblöcken, die wir mit meinem Einser ausschnitten, errichteten wir die Wände. Der Wind blies noch heftiger, und das Iglu war eben fertig, als auch schon der Sturm zuschlug. Er hob den Golfroller in die Luft und mit ihm Roo. Es gelang mir gerade noch rechtzeitig, eins der Räder mit dem Golfschläger zu erwischen und sie wieder herunterzuziehen. Ich schlang meine Arme um sie, nahm ihr das Zaumzeug ab und der Golfroller segelte den Berg hinab.

Heute Abend sortierten wir im Iglu die uns verbliebenen Besitztümer. Wir haben immer noch den Ofen, sodass wir kochen können, aber Lebensmittel sind nicht mehr viele übrig. Nur fünf Fische und ein wenig Haferflocken. Das ist alles.

Nur ein Schlafsack. Alles andere befand sich im Golfroller.

Sehr niedergeschlagen heute Abend. Ich kann den Sturm draußen hören. Roo liegt zusammengerollt im

Schlafsack. Der Pinguin schläft zu meinen Füßen. Wenn der Sturm vorüber ist, werden wir das Bärengebirge erklimmen, dann wird alles wieder gut.

Ich vermisse die Wölfe.

Dein Großvater

Montag, 35. Oktober
Im Iglu

Liebes Kind,

der Sturm hat nicht nachgelassen. Haben die Nasen nach draußen gesteckt, um uns umzusehen, und sie wurden uns beinahe davongeblasen. Der Himmel war schwarz wie Kohle und der Wind heulte auf die schrecklichste Weise.

Steckten den ganzen Tag im Iglu fest. Spielte *Ich sehe was, was du nicht siehst* mit Roo, aber da sich im Iglu nur wenige Gegenstände befinden, war das Spiel von kurzer Dauer. Haben zwei Fische und ein wenig von den Haferflocken unter uns aufgeteilt. Es steht schlecht um uns.

Kind, du weißt, dass ich alt bin, nicht wahr? Das ist einer der Gründe dafür, dass ich gegangen bin. Ich will die Eisbären sehen, bevor es zu spät ist. Die Polkappen schmelzen. Den Eisbären bleibt kein anderer Ort auf dieser Welt. Hier ist ihre letzte Zuflucht. Wenn ich sie gesehen habe, kehren wir zurück. Sorge dich nicht, Kind, ich weiß, was ich tue.

In Liebe,

dein Großvater

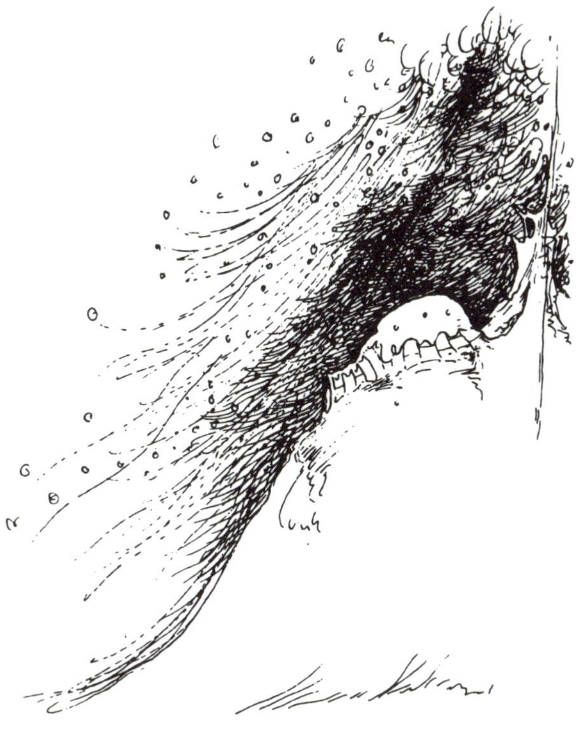

Dienstag, 36. Oktober
Im Iglu

Liebes Kind,

noch immer tobt der Sturm. Uns bleiben nur noch drei Fische und ein paar Haferflocken. Ich habe Roo das letzte Kapitel von *David Copperfield* vorgelesen und das Buch dann verbrannt.

Wie ich mich danach sehne, aufstehen und die Beine ausstrecken zu können. Doch wenn wir uns hinaus in diesen Sturm begeben würden, das weiß ich, so wären wir für immer verloren.

Zu kalt, um weiterschreiben zu können.

Vielleicht legt sich der Sturm morgen und wir können unsere Reise fortsetzen.

Richte deiner Mutter aus, dass alles in Ordnung ist. Ich möchte nicht, dass sie sich sorgt.

Dein Großvater

Mittwoch, 37. Oktober

Im Iglu

Liebes Kind,

jetzt haben wir nur noch einen einzigen Fisch übrig.

Dein Großvater

Donnerstag, 38. Oktober
Im Iglu

Liebes Kind,

dem Himmel sei Dank für Roo! Heute Abend zauberte sie eine Büchse Makkaroni in Käsesoße hervor, von der sie sagt, sie habe sie für eine besondere Gelegenheit aufgehoben. Wir saßen alle um den kleinen Ofen herum und sahen zu, wie die Nudeln kochten. Sie waren das Beste, was ich jemals gegessen habe!

Der Sturm tobt mit unverminderter Heftigkeit. Wir stecken jetzt zu dritt im Schlafsack, um uns gegenseitig warm zu halten.

Gott schütze dich, Kind.

Dein Großvater

Freitag, 39. Oktober
Im Iglu

Liebes Kind,

bin sehr schwach, daher nur ein kurzer Brief. Wir haben nichts mehr zu essen. Der Sturm hat aufgehört. Ich bin mir sicher, Stimmen im Wind zu hören. Ich dachte, ich hätte die Wölfe heulen hören. Wir drei kuschelten uns dichter aneinander.

Kind, sorge dich nicht.

Ich weiß, dass die Eisbären uns finden werden. Ich bin müder, als ich je zuvor in meinem Leben war. Heute Nacht werde ich von den Eisbären träumen.

Roo sagt, sie wird von Eiskrem träumen.

Sag deiner Mutter, dass ich bald zu Hause bin.

Dein Großvater

Samstag, 40. Oktober

Liebes Kind,

plötzlich war der Sturm ganz vorüber und wir krochen alle aus dem Iglu. Ich habe lediglich mein Einser und ein paar Golfbälle mitgenommen. Der Himmel war nicht mehr purpurfarben oder grün, er war ganz einfach blau.

Im warmen Sonnenlicht legten wir das letzte Stück Weges auf dem Kamm des Bärengebirges zurück. Der Pinguin watschelte an meiner Seite, während Roo, wie es eben die Art der Hunde ist, uns vorauslief.

Hier bin ich nun, Kind, auf dem Gipfel des Großen Bärengebirges, und alles ist, wie ich es mir erträumte, nur viel besser. Die Wölfe sind hier, und ich freue mich, sie zu sehen. Auch die Wale sind hier, sie schwimmen zwischen den Eisbergen. Und da sind Pinguine und Seehunde. Aber vor allem sind die Eisbären hier.

Ich kann sehen, wie sie mit ihren Jungen im Schnee spielen. Ich habe noch nicht mit ihnen gesprochen, will das aber noch tun.

Schlaf gut, mein Kind. Diese Welt ist wunderschön und sie erstreckt sich bis in die Ewigkeit. Jetzt bin ich müde und kann nicht weiterschreiben. Sag deiner Mutter, dass ich sie liebe.

Leise, Roo. Die Eisbären sind hier.

Pssst, Roo. Morgen früh suchen wir Eiskrem für dich.

Eiskrem für Roo.

Dein Großvater